KB194401

햇볕 머문
자리마다 꽃피는

햇볕 머문 자리마다 꽃 피는

초 판 인 쇄 | 2025년 4월 15일
2 쇄 발 행 | 2025년 5월 10일

지 은 이 | 최갑진
그 린 이 | 김설희
펴 낸 이 | 배재경
펴 낸 곳 | 도서출판 작가마을
등 록 | 제 2002-000012호
주 소 | 부산광역시 중구 대청로 141번길 3, 다온빌딩 501호
　　　　 T. 051-248-4145, 2598　F. 051-248-0723　E. seepoet@hanmail.net

ISBN 979-11-5606-283-7　03810　정가 14,000원

햇볕 머문 자리마다 꽃 피는

누구나 아는 산골 이야기

최갑진

산골동화집

도서출판
작가마을

평생을 논밭에 엎드려 땀 흘리시다가

지금은 하늘에서

살아온 그 땅을 내려다보고 계실

최종립, 유봉선 장인 장모님께

이 책을 펼쳐 드립니다.

우리들 산골 마을은 빈 둥지가 되어 간신히 고목에 매달려 있다. 동네 어귀 어디메쯤 살던 노인들 중 누군가가 어느 날 아침 보이지 않으면 그 적막으로 온 마을이 숨을 멈춘다. 곡괭이를 들고 밭을 일구던 억센 팔뚝들과 호미를 쥐고 이랑을 살피던 부지런한 손들이 사라지고 있으니.

그런데 햇빛이 스러질 때 산의 윤곽이 더 선명해지듯, 지금에서야 시골이라 불리던 우리들 고향의 의미가 뚜렷하게 보인다. 허리 숙여 땅을 일구고 생명을 키웠지만 잊혀 가는 어머니와 아버지들의 삶의 모습과 함께.

그래서 마지막 빛 한 줌이 사라지기 전의 산골 마을을 그리고 싶었다. 잃어버리지 않고 우리들 가슴속에 기억하기 위해서.

2025년 최갑진

최갑진 산골동화

차례

햇볕 머문 자리마다 꽃 피는

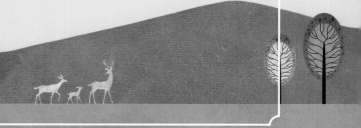

햇볕 머문
자리마다 꽃 피는

1. 물끄러미

하나

두루미 한 마리가 오랜 가뭄 뒤 물길이 열린 여울목에 사뿐히 내려앉습니다. 물이 흐르는 길목이라 고기들이 바쁘게 오르내립니다. 골똘히 물속을 살핍니다. 물고기를 찾아 눈길을 이리저리 돌려봅니다. 오늘은 동자개는커녕 피라미 한 마리도 안 보입니다. 물수세미와 검정말이 물결에 따라 움직이고 있을 뿐입니다.

물풀은 햇빛에 따라, 구름에 따라, 물 흐름에 따라 다른 얼굴을 합니다. 햇빛이 물속까지 비치면 발가벗고 물장구치는 꼬마들 같고 구름이 짙어지면 숨바꼭질하는 술래가 됩니다. 물살이 세게 흐를 때는 아래로 흘러가는 물결을 배웅하며 두

팔을 흔듭니다.

두루미는 자신의 곁에서 온갖 모습을 만들다가 떠나는 냇물을 가만히 쳐다봅니다. 지금까지 알지 못했던 세계가 발아래 물속에 있었다니, 놀라운 발견입니다. 세계의 숨은 비밀을 찾은 것 같아 가슴이 부풀어 오릅니다.

건너편 밭에서 감자를 심던 할아버지가 두루미에게 묻습니다.

"뭘, 그렇게 찾고 있니."

할아버지는 제 자리에서 움직이지 않는 두루미를 한심하게 여깁니다. 감이 떨어지기를 바라며 나무 밑을 지키는 게으른 사람처럼 보입니다.

"배가 고파 열심히 물고기를 찾는 중이에요."

두루미는 할아버지가 좋아할 대답을 합니다. 언제나 먹을 것을 위해 해 뜰 때부터 저물녘까지 논밭을 떠날 줄 모르는 할아버지의 비위를 맞춰줍니다.

그러나 할아버지는 두루미의 말에 끌끌 혀를 찹니다.

"녀석아, 배를 채우려면 무조건 움직여야지. 한자리에 서서 물끄러미 흐르는 물만 보고 있으면 밥이 어떻게 나오겠니."

평생을 부지런했던 할아버지는 두루미를 나무란 뒤 지친 몸
을 일으켜 세웁니다. 기다리는 사람은 없지만 집으로 돌아갈
시간입니다.

둘

　산 너머 지는 햇빛은 할아버지의 굽은 등 그림자를 길게 펼칩니다. 자신의 그림자를 끌고 가는 것도 무거운지 할아버지의 발걸음은 느리기만 합니다.

　해가 기울자 바로 저녁 바람이 마중을 나옵니다. 걸음을 옮길 때마다 낡은 바짓가랑이가 펄럭입니다. 홀쭉해졌다가 부풀었다 합니다. 홀쭉해지면 깡마른 다리가 드러나고 부풀면 윗몸이 가려져 버립니다. 지팡이를 대신하여 손에 움켜쥔 괭이자루가 없었다면 바람에 날려가 버렸을지도 모릅니다.

　할아버지의 모습이 논둑 뒤로 사라질 때까지 바라보던 두루미가 마침내 씨알 좋은 버들치를 낚아챕니다.

　'이것 한 마리면 충분히 배가 부르겠군.'

　두루미는 긴 목을 앞뒤로 몇 번 흔들어 고기를 삼킨 뒤 깃을 텁니다. 고운 은빛 물방울이 사방으로 퍼집니다. 그러고는 다리를 구부렸다 펴면서 날개를 펼칩니다.

　소나무 가지 끝에 자리 잡은 보금자리는 날갯짓 몇 번이면

가닿는 곳이지만 마을을 한 바퀴 돈 후에야 두루미는 동그란 둥지에 내려앉습니다. 하루 내내 햇볕에 데워진 보금자리가 돌아온 집주인을 포근하게 품어줍니다.

◆◆◆◆◆◆

2. 우두커니

하나

불을 지핍니다. 황토로 바른 아궁이의 바람벽이 터져서 여러 갈래의 금이 보입니다. 내일은 흙을 개어서 새어 나오는 연기를 잡을 계획입니다. 바쁜 철이라 할 일들이 자꾸 미뤄집니다. 굵은 나무둥치를 골라 지펴진 불 속으로 던집니다. 아직 덜 마른 나무에서 매운 연기가 올라옵니다. 할아버지는 기침을 콜록콜록합니다. 눈까지 빨개졌지만, 가마솥 물이 끓을 때까지 아궁이 곁을 지킵니다. 찬물에 몸을 씻기에는 이른 계절입니다.

물이 보글거립니다. 데워진 물을 큰 플라스틱 대야에 옮깁니다. 대야에 손을 넣어보니 따뜻한 기운이 온몸으로 퍼져 나갑니다. 얼른 윗옷을 벗고 바가지를 들어 물을 뒤집어씁니다. 하루의 피로를 씻는 방법입니다.

　물을 제대로 닦지도 않고 수건을 두르고 방에 들어섭니다. 피로가 가시자, 배고픔이 밀려들었기 때문입니다. 아침을 먹은 뒤 그대로 둔 네모만 밥상과 왼쪽 귀퉁이가 찌그러진 밥통이 보입니다. 밥통의 밥을 품니다. 밥상보를 벗기고 반찬 그릇을 엽니다. 파래무침 냄새가 입맛을 부릅니다. 식초와 설탕을 넣어 버무린 달콤하고 새큼한 파래무침으로 밥그릇을 비웁니다.

　부엌에서 설겆이를 하면서도 할아버지는 방안을 기웃거립니다. 텔레비전 옆에 놓인 자주색 전화기로 눈이 자주 갑니다. 설거지를 마칠 때까지 열 번을 넘게 건너다봅니다. 순간, 천지사방이 조용합니다. 울지 않는 전화기 때문입니다.

　어둠은 불을 켜면 물러나지만, 산골의 적막은 어떤 소리로도 물러나지 않습니다. 방에 들자 말자, 텔레비전을 켜서 웃고 떠드는 소리로 방안을 채웠지만 집안은 물 아래로 점점 더 가라앉는 것만 같습니다. 그래서 소리를 줄이면 그 틈새로는 개구리 소리가 천장과 방바닥의 쓸쓸함까지 들춰냅니다.

　유일하게 적막을 깨뜨릴 수 있는 전화벨은 텔레비전과 개구리 소리에 막혀 끼어들 틈이 없나 봅니다. 할아버지는 중얼거립니다.

　'다들 바쁘겠지.'

　혼자 말하며 화면에 눈을 줍니다. 여기서도 웃고 저기서도 웃는 얼굴들로 화면은 가득합니다. 할아버지는 웃는 얼굴들을 멍청하게 보는 자신이 한심합니다. 텔레비전을 끕니다. 남의 장단에 실없이 웃고 싶지 않습니다.

전등불 스위치도 내립니다. 달빛이 방안으로 밀려들어 창을 밝히고 이부자리를 비춥니다. 뒤편 대나무 숲의 수런거리는 소리도 달빛을 타고 옵니다.

잠이 달아납니다. 그러자 왼쪽 무릎이 달궈지듯 열이 나고 아릿하게 아파져 옵니다. 고통을 잊기 위해서 내일부터 해야 할 일들의 순서를 짚어봅니다.

감자를 먼저 심을까 아니면 모레 장날에 맞춰 시장에 낼 쪽파를 수확할까. 머릿속만 복잡합니다. 의논할 상대도, 함께 일할 일손도 없으니 할 일의 순서를 어림잡기 힘듭니다. 막연한 계획만이 머릿속을 어지럽게 굴러다닙니다.

가래까지 목구멍을 간지럽힙니다. 크게 기침하지만, 목구멍 간지러운 것은 잠재우지 못합니다. 기침할 때마다 오히려 가슴에는 길고 강한 통증이 옵니다.

둘

잠 못 드는 것은 할아버지만이 아닙니다. 고양이 두 마리도 대문 앞에서 할아버지가 잠들기를 기다립니다. 그러다가 기침 소리가 나면 몸을 움츠립니다. 한숨 소리가 들릴 때면 덩달아 깊은숨을 쉽니다. 얼룩무늬가 진하게 있다고 깻잎 할머니가 아롱이 다롱이라고 이름을 붙인 녀석들입니다.

두 마리 고양이는 늘 배고픕니다. 마을이라야 여섯 집입니다. 한 집에 한 사람이 삽니다. 다들 노인들입니다. 적게 먹고 적게 버립니다. 고양이들은 배를 불리기 위해서는 이집 저집 부지런히 다녀야 합니다.

고양이들이 처음 터를 잡았던 대숲 할아버지 집에서 삼 년 전까지는 생선 토막들을 구경했습니다. 할머니가 돌아가신 이후에는 멸치 한 마리 냄새도 맡을 수 없지만 말입니다. 더구나 할아버지가 요즈음 들어서는 고양이만 보면 소리를 내지릅니다. 아롱이와 다롱이는 할아버지가 계속해서 기침하자 골목길 어둠 속으로 숨어버립니다. 화풀이로 고함 지르며 뒤좇아올 수도 있습니다.

골목길 끝에는 달빛에도 흔들리지 않는 굵은 둥지의 호두나무가 있습니다. 귀신이 나온다는 나무입니다. 배고픔은 무서움보다 더 견딜 수 없는 법입니다. 어찌합니까. 불 켜진 집을 찾기 위해서는 골목길을 빠져나가야 합니다. 두 마리 고양이는 우두커니 서있는 호두나무 그림자를 피해서 아랫마을을 향해 달립니다. 호두나무 가지를 스치는 바람 소리가 할아버지가 따라 오는 소리만 같아 더 빨리 내달립니다.

◆◆◆◆◆◆

3. 바쁘게 바쁘게

하나

골목길 저편에 불 밝힌 집이 보입니다. 거친 숨을 내쉬며 아롱이와 다롱이는 문 앞에서 기척을 살핍니다. 늦은 밤이지만 할머니가 부엌에서 부산스럽게 움직입니다.

"야아옹~"

아롱이가 먼저 웁니다. 귀 어두운 할머니는 얼른 알아채지 못합니다.

"야아옹~"

다롱이가 한 발짝 부엌으로 다가가 소리를 냅니다.

"어이쿠, 이것들이 지금껏 얻어먹지를 못했구나."

뒤늦게 고양이들을 발견한 할머니가 찬장에서 황태 껍질 모

◆◆◆◆◆◆

25

아둔 그릇을 꺼냅니다. 다롱이는 그 양을 셈해 봅니다. 적습니다.

보채는 뱃속을 달래기 위해 먹이가 땅에 닿기도 전에 큰 껍질을 물고 마당으로 내뺍니다. 아롱이는 아차! 했지만 껍질 부스러기를 먹으며 아쉬움을 달랩니다.

아롱이는 다롱이를 쫓아가서 혼내기보다는 허기를 달랠 다른 방법을 찾아야 합니다. 두 마리는 각각 부엌과 마당에서 입술을 핥으며 서로를 곁눈질합니다.

그 모양을 바라보던 할머니가 혀를 차며 내일 아침거리로 만들어 놓은 황태 국물을 데웁니다. 국물이 따뜻해지자, 양푼에 밥과 국을 말아서 아롱이에게 내밉니다. 떨어져서 바라보던 다롱이는 겸연쩍게 꼬리를 흔들며 부엌 문턱을 넘어옵니다. 아롱이에게 다가와서는 몸을 비빕니다. 아롱이는 무심한 듯 밥그릇에 코를 박고 모르는 체합니다. 그제야 다롱이도 그릇으로 달려듭니다.

국물까지 비운 두 마리 고양이는 서로의 입가를 할랑할랑 핥아줍니다. 할머니는 일손을 멈추지 않은 채 고양이들을 바라봅니다. 쌀을 안치고 반찬들은 그릇에 차곡차곡 넣어 둡니다.

둘

내일은 깻잎 모종을 내는 날입니다. 마을에서 아줌마 네 명을 불렀습니다. 아줌마라고 부르지만 다들 육십을 훨씬 넘긴, 그냥 듣기 좋다고 부르는 아줌마들입니다.

삼백 평 밭에 모종 내는 일은 사흘 일거리입니다. 그러나 일손을 세 번이나 불러 품삯을 주고 나면 남는 게 없는 깻잎 농사입니다. 이틀에 일을 마쳐야 합니다.

사람들에게 새벽부터 일하자고 부탁한 이유입니다. 선뜻 오겠다고 승낙한 이웃들에게는 고마워서라도 점심뿐만 아니라 아침도 대접해야 합니다. 황태로 국 끓이고 머구는 된장에 무치고 멸치볶음도 만듭니다. 내일 새벽에 고등어만 구우면 일꾼 밥상은 완성입니다.

할머니는 젓가락까지 빠짐없이 준비한 뒤 빠진 게 없는지 부엌을 살피고서야 방으로 들어가 이부자리를 폅니다. 내일은 더 부지런히 움직여야 합니다. 눈을 붙이기 위해 이불 속에 누우니 그때야 빠진 일 하나가 떠오릅니다. 고등어에 소금을 쳐서 간하는 일을 하지 않았습니다.

신발을 끌며 부엌으로 가서 냉장고에서 생선을 꺼냅니다. 할머니가 불을 켜자, 문틈으로 머리를 들이미는 놈들이 보입니다. 아롱이 다롱이입니다.

벌써 배가 고파졌는지 아니면 고등어 냄새 때문인지 할머니의 눈치를 슬금슬금 보면서 야옹거립니다.

할머니는 모른 채 소금을 흩뿌려 간을 하고 부엌문을 닫아 버립니다. 고기는 내일 힘든 하루를 보낼 일손들의 몫입니다. 마을은 온통 어둠 속에 숨고 별빛 달빛만 반짝거립니다.

아롱이 다롱이는 별빛 달빛 다 저무는 새벽까지 부엌문 앞에서 서성거립니다. 할머니의 잠을 깨우지 않으려고 발걸음을 조심조심하면서 마루로 앞마당으로 새벽녘까지 들락거립니다. 그저 그림 속의 생선일 뿐인 냉장고 속 고등어를 그리워하면서 말입니다.

그러나 할머니는 깊은 잠을 잘 수 없었습니다. 고양이 발소리가 아니라 개구리 울음소리 때문입니다.

개구리들은 일제히 소리를 내다가 또 한순간 무서운 정적으로 주변을 감싸기를 반복합니다. 겨우내 머물던 산골짝의 새벽어둠이 봄이 되면 일찍 물러나는 것도 개구리들 소리에 기가 눌린 탓입니다.

4. 밥 먹는 법

하나

다섯 시가 되기도 전에 할머니가 부엌문을 엽니다. 덜컹, 낡은 문짝이 요란한 소리를 냅니다. 그 소리 때문이었을까요, 개구리들의 소리가 일제히 사라집니다. 우는 소리도, 소곤거리는 소리도, 웅덩이에서 헤엄치는 소리도 숨어버립니다.

그러나 일 분이 지났을까, 일 초가 흘렀을까요. 갸걀갸걀하는 소란스러움이 시작됩니다. 산골 마을이 다시 들썩이며 하루를 시작합니다.

개숫물을 마당에 뿌리면서 할머니가 한마디 합니다. 경망스럽게 우는 개구리들 때문에 잠을 설쳤기 때문입니다.

"예끼 놈들! 짝을 부른다고, 배가 고프다고 해도 그렇게 촐

랑촐랑 울면 누가 예쁘다고 할까."

말을 뱉은 뒤 할머니는 괜한 소리를 한 것 같아 머쓱합니다. 여린 짐승들이 살려고 저러는 그 이유를 알면서, 나잇살이나 먹은 사람으로서 괜히 심한 말을 뱉었습니다. 할머니는 부끄러움을 지우기 위해 얼른 부엌으로 들어가 버립니다.

깻잎 할머니는 마음이 여려서 험한 말을 하지 않습니다. 특히나 남들에게 내보이려고 자기가 한 일을 꾸미거나 행동거지를 넘치게 하는 것도 싫어합니다.

얼마 전에 발목을 접질려서 힘들었을 때도 자식들에게는 '나 아무 일 없다'라고 시치미를 뗀 사람입니다. '지들 살기도 바쁠 텐데'라며 그만한 일로 자식들에게 걱정을 끼치는 것은 부모로서 못난 일이라고 여깁니다.

경모당 짓는 데에도 쌀 한 가마 내어놓고 자랑하고 다니는 건너편 담벼락 할매와는 딴판입니다. 깻잎 할머니는 그때 이십만 원이란 큰돈을 기부했지만, 노인회 총무만 알 뿐 마을 사람들은 모릅니다. 총무에게 입막음을 단단히 시켰기 때문입니다.

마음보가 크고 심지가 곧은 사람은 스스로 떠들지 않아도 알 사람은 아는 법입니다. 오늘 오는 일꾼들도 그렇습니다. 나이 들어 불러주는 데가 별로 없는 일꾼들이지만 일 나가기 전에는 이것저것 따집니다. 시작 시각과 마치는 시간을 계산합니다. 점심은 주인집에서 주는지, 자기 돈으로 사서 먹어야 하는지도 알아봅니다. 성에 안 차면 일당은 적어도 일은 수월한 군청에서 하는 공공근로에 갑니다. 성한 데가 없는 몸을 이끌고 한 푼 더 받는 것보다는 한나절 풀이나 뽑다가 돌아오는 것이 편합니다.

그런 할머니들도 깻잎 할머니가 부르면 군말 없이 달려옵니다. 평소의 인정도 인정이지만 일하는 날의 마음 씀씀이가 고맙기 때문입니다. 시간이 길어지면 점심에다 참까지 내고 집에서 먹지 못하던 반찬을 준비합니다. 일하면서 먹는 즐거움이 어느 집보다 큽니다.

끼니때마다 노인들은 늘 같은 반찬으로 혼자 먹습니다. 입맛 돋우는 반찬을 먹으며 동무들과 이말 저말 주고받으며 먹는 밥상을 받기가 힘듭니다. 깻잎 할머니 댁에 일 나오는 날이 바로 생일날인 이유입니다.

그래서 할머니들은 새벽녘에 오라면 오고 해가 져도 남은 일이 있으면 엉덩이를 털지 않습니다. 자신들 사정을 헤아리는 깻잎 할머니의 넉넉한 마음에 대한 보답인 셈입니다.

둘

밥을 앉힌 할머니는 간을 한 고등어를 굽습니다. 일꾼들이 여섯 시에는 온다고 했으니, 준비는 끝나갑니다. 밑반찬까지 올려놓은 밥상에 모락모락 김 나는 밥을 푸고 노릇노릇 구워진 고등어를 올리면 됩니다.

아침을 먹고 나면 곧바로 점심을 준비하고 밭으로 나가 할 일을 알려줘야 합니다. 깻잎 모종 내는 날은 몸뚱이가 둘이 아니라서 온종일 총총거려도 시간이 모자랍니다.

할머니는 찬합을 꺼냅니다. 그것을 씻고 마른 수건으로 닦으려다 마음을 바꿉니다. 아직 날씨가 찹니다. 점심을 밭에서 먹으면, 일하는 시간이야 아끼겠지만 일하러 온 이웃들에게 할 도리가 아닙니다. 방에다 상을 차리기로 합니다. 아궁이에 불을 지폈으니 뜨끈뜨끈한 방바닥에서 몸을 녹이면 다들 좋아하겠지요. 점심 반찬도 입맛을 살려주는 묵은지 김치찌개를 준비하기로 합니다.

김치를 내러 장독대로 가는데 누군가 씩씩거리며 대문을 들어섭니다. 담벼락 할매입니다. 사람들의 요란한 소리가 나면 울음을 잠시 멈추는 게 개구리들입니다. 그런 개구리들이 할매의 요란한 발걸음 소리에는 지지 않겠다는 듯 더욱 억세게 웁니다. 무슨 깊은 의논할 일이 개구리 마을에 생긴 모양입니다.

"오늘따라 왜 이리 서둘러 오노."

깻잎 할머니의 말에 때맞춰 왔는데 무슨 억지냐고, 담벼락 할매는 툇마루에 걸린 시계를 흘깃 봅니다. 조금 일찍 온 것은 맞습니다. 그래도 따져야 할 것이 있어서 우선 만만한 개구리에게 볼멘소리를 먼저 합니다.

"무슨 개구리들이 요롷게 그악스럽게 울어 싸소."

"그걸 내가 아나. 봄이 왔다고 그러나."

깻잎 할머니의 심드렁한 대답이 못마땅한지 담벼락 할매는 괜히 마당가를 오갑니다.

깻잎 할머니는 개의치 않고 하던 일을 계속합니다. 두 할머니의 심상치 않은 분위기를 모르는 개구리들은 더 목소리를 높입니다. 동쪽 필봉산이 조금씩 붉어집니다. 밥통에서 김 나는 소리와 함께 밥 익는 냄새가 퍼집니다.

♦♦♦♦♦♦

5. 멀뚱멀뚱

하나

아침 햇살을 받으며 아까시나무의 꽃들이 일제히 얼굴을 내 밉니다. 봄은 개구리 소리와 함께 옵니다. 산자락을 하얗게 덮는 아까시꽃, 밤꽃과 어울려 어느 날 아침 불현듯이 찾아듭 니다. 산골의 봄은 그러합니다.

그런데 봄이 와서 일제히 세상으로 뛰쳐나온 개구리들에게 새봄은 늘 새로운 숙제를 안겨줍니다. 요즈음 들어 마을 사람 들이 우리를 더 미워한다고 투덜거리는 웅덩골 개구리 대장 의 푸념을 들어보면 압니다.

개구리들은 사는 곳에 따라 아래 논배미 수다쟁이, 연못골

날라리 이런 식으로 불립니다. 웅덩골은 저수지에서 물이 내려오다가 휘돌아 가는 곳에 파인 웅덩이입니다.

그 웅덩이는 논물을 가두어 따뜻하게 합니다. 예전에는 그런 웅덩이들이 이어져서 도랑을 만듭니다. 어르신들이 말하는 도구가 논 전체를 감싸고 흘렀습니다. 지금은 벼 심는 면적을 늘리기 위해서 도구조차 없애버립니다. 이제 논물은 수관을 통해 바로 논밭에 들어갑니다. 자연스럽게 물길이 아래로 흐르다 파지는 곳인 웅덩이는 사라집니다. 물웅덩이에서 살아야 하는 개구리들의 형편이 나빠지는 이유입니다.

더구나 농촌의 논밭이 날이 갈수록 변하여 논은 밭으로 바뀌고 그 밭은 또 얼마 지나지 않아 비닐하우스로 둔갑합니다. 논밭도 가로 세로가 반듯해져서 물이 고인 논이나 밭둑의 웅덩이조차 보기가 힘듭니다. 꼭 그만큼 개구리들의 삶은 팍팍해지고 웅덩골 대장의 시름은 깊어집니다. 대장이지만 어깨를 펴고 다니지 못합니다. 살아가기가 힘드니 무리를 이끄는 우두머리의 책임만 갈수록 막중해져 갑니다.

해마다 살만한 거처를 앞장서서 찾아야 하는 대장은 눈에 불을 켜고 아랫배미 윗배미 논밭을 헤맵니다. 피가 마릅니다. 마땅한 데를 찾기 어렵습니다. 따르는 개구리 가족들의 불만은 더 높아만 갑니다.

개구리들은 파리, 모기, 벼멸구 등을 잡아 농부들의 병충해 예방에 도움을 주었습니다. 두 팔 두 다리를 움직여 열심히 헤엄친 덕분에 흐려진 물빛으로 잡풀은 크게 자라지 못했습니다. 사람들에게 미움받을 짓을 한 기억이 없습니다.

그런데도 사람들은 헤엄칠 웅덩이마저 치워버립니다. 어린 개구리들이 궁금해서 대장 개구리에게 묻습니다.

"대장 대장 대장 왜 우리를 미워하나요? 대장 대장 대장"

이유가 궁금합니다. 대장은 두 손으로 얼굴을 바쁘게 비비며 말합니다. 물론 자신의 대답을 믿는 것은 아닙니다.

"우리가 너무 시끄럽게 울기 때문이야."

여기저기서 개구리들이 갸걀갸걀거립니다.

"배가 고파서, 심심해서, 짝 찾으려고 우는데요. 간절하게 원하는 것을 찾아 운 것이 잘못인가요. 자동차 소리도 들리지 않는 심심한 산골 논에서 큰 소리로 이야기하고 서로 위로한다고 소리도 질렀지요. 그게 미움받을 이유라니 믿을 수 없습니다. 보세요! 대장 대장 대장 담벼락 집 수탉은 새벽만 되면 꽥꽥거리며 사람들 새벽잠 깨우고 영실이네 복실이는 지나가는 참새만 봐도 월월 월월거립니다. 그런다고 사람들이 내쫓습니까. 대장 대장 대장."

어린 녀석들이 너무 시끄럽게 떠듭니다. 개구리 소리가 산을 하얗게 물들이는 찔레꽃보다 더 넓게 퍼져 나갑니다. 대장 개구리는 그들을 달래 줄 방법이 없습니다. 자신도 미움받는 정확한 이유를 알지 못합니다. 이유를 찾아 나서려고 해도 배가 고픕니다. 배가 불러야 산속 깊은 옹달샘에 산다는 개구리 산신령을 찾아가서 답을 얻어올 텐데 말입니다.

둘

개구리들은 논이나 웅덩이에서 살 수만 있다면 허기를 쉽게 채웁니다. 그런데 헤엄칠 만한 넓은 장소들은 사라졌습니다. 마을 전체를 통틀어 널찍한 삶터는 마을 이장의 논뿐입니다. 모두 이곳에만 모입니다. 개구리밥, 물풀, 방게가 있는 곳은 여기뿐입니다. 며칠 전 비닐하우스를 설치하는 강 목수랑 이장이 논둑을 어슬렁거렸습니다.

올해 가을걷이가 끝나면 윗논도 사라지지 않을까 싶습니다. 벌써 맨몸에 소름이 돋습니다. 갈 데가 없으면 저수지로 가야 하지만 그곳은 깊어서 헤엄은 칠 수 있지만 먹이가 부족합니다.

웅덩파 대장은 촌장 개구리를 만나 의논하려고 주위를 둘러봅니다. 비슷비슷하게 생긴 개구리들이라 그 속에서 촌장을 찾기가 어렵습니다. 이럴 때는 소리로 찾는 것이 수월하지만 오늘따라 모든 개구리가 잔칫날처럼 떠들고 있어서 그것도 힘듭니다.

대장 개구리는 우선 배를 불리기로 합니다. 무리를 벗어나서 혼자만 아는 논둑으로 달려갑니다. 새벽부터 나다니면서 물풀 더미 속에 숨은 벌레 몇 마리 잡아먹은 것이 전부라 배가 등가죽에 달라붙었습니다. 조금 있으면 햇볕이 뜨거워집니다. 얼른 그늘 속으로 들어가 쉬어야 합니다. 그 시간이 얼마 남지 않았습니다.

마음은 급하지만 먹이는 쉽게 구해지지 않습니다. 작은 물고기의 비린 냄새가 어디선가 나지만 대장은 포기해 버립니다. 물고기는 너무 빠릅니다. 잡으러 다니다가 먼저 쓰러질 수도 있습니다.

그때 논둑 위로 누군가 폴짝폴짝 뛰어가는 게 보입니다. 촌장 개구리입니다. 반가워서 '아저씨'하고 부르니 돌아봅니다. '할아버지'라고 안 부른 것이 다행입니다. 할아버지라고 불렀으면 모르는 체하며 가버립니다.

내년에는 어디로 옮길 것인가 물어봐야지. 웅덩골 대장은 배고픈 것도 잊고 물 묻은 풀잎에 미끄러지면서 진흙더미에 자빠지면서 촌장에게로 달려갑니다.

촌장 개구리는 논둑에 서서 달려오는 키 큰 개구리를 기다립니다. '저놈은 기운도 좋구나! 무엇을 먹었는지 힘차게 잘도 달려오는구나.'고픈 배를 쓰다듬으며 멀뚱멀뚱 쳐다봅니다. 저놈이 누굴까, 궁금증도 왕방울 눈만큼 커져 갑니다.

....

6. 오처럼 푸근하게

하나

　담벼락 할매는 대문을 들어서며 했던 말을 부엌 앞에서 또
합니다.
　"개구리들이 와 저렇게 왈살스럽게 우노. 큰비가 올라카나"
　깻잎 할머니가 시큰둥하게 대답합니다.
　"죄도 없는 개구리들에게 새벽부터 무슨 험담이고."
　담벼락 할매는 눈살을 찌푸립니다. 개구리 소리를 핑계 삼
아 자신의 기분을 알리려 했을 뿐입니다. 그런데 깻잎 할머니
가 불쌍한 짐승들 욕하는 고약한 할멈으로 자신을 만들어 버
립니다. 괘씸합니다. 개구리하고 한평생 살아가는 촌사람들
은 개구리 소리를 들을 때마다 마음이 애틋해집니다. 그런데

깻잎 할머니는 자기만 그런 그것처럼 젠체합니다.

'저 할마시는 모든 일에 자기만 점잖은 체 티를 내, 티를.'

담벼락 할매는 속으로 중얼거립니다.

마을 사람들은 깻잎 할머니를 보고는 할머니, 할머니 하면서도 담벼락 할머니를 부를 때는 할매, 할매입니다. 별 차이가 없는 호칭이지만 자신을 깻잎 할머니와 비교해 무시하는 듯해서 은근히 속상합니다. 하지만 아침저녁 얼굴 마주하며 지내는 처지이니 그런 일은 안으로만 꽁하게 쟁여두고 삽니다.

그래도 오늘 일은 깻잎 할머니가 경우 없는 짓을 했다고 여겼기에 노골적으로 따집니다.

"상평댁! 오늘 품삯 칠만 원 주기로 했나."

마을에서는 유일하게 깻잎 할머니를 담벼락 할매는 상평 댁이라 부릅니다. 상평은 논과 밭이 박토라 가난한 마을입니다. 그런 곳에 살다가 이 동네로 와서 살림이 넉넉해진 깻잎 할머니를 호칭으로나마 깔보자는 속셈입니다. 이웃들은 모두 그게 담벼락 할매의 시샘이란 것을 압니다.

"작년에 육만 오천 원이었으니, 쪼매 올려주는 게 당연하지, 뭘 그래쌓노."

두 사람은 같은 깻잎 농사를 짓지만, 담벼락 할매가 일꾼들을 청하면 모두 시큰둥해합니다. 그 집에서 일하면 참은커녕 점심까지 사 먹을 때가 많습니다. 할머니들은 먹는 것을 중하게 여기니 이 핑계 저 핑계로 담벼락 할매가 부르면 빠지려는 것입니다. 할매만 그것을 모릅니다. 그러니 그저 모든 게 품삯 때문이라고 여기고 깻잎 할머니 탓을 합니다.

　　"그렇게 막 올려주니까. 이 집에서 일한다면 너도나도 줄 서고 우리 집에 오라면 거들떠보지도 않잖아. 서로 상도덕을 지켜야지."

담벼락 할매는 씩씩거리며 한마디를 더 하려다가 참습니다. 식전에 달려왔던 터라 음식 냄새가 허기진 배를 자극하기 때문입니다. 부엌에서 흘러나오는 고등어 구워지는 냄새가 코를 열고 입은 막아 버립니다.

둘

　담벼락 할매는 누구에게나 막무가내로 대하지만 뒤가 무릅
니다. 자식들 사업을 위해 땅을 팔아 보태주다 보니 재산이
한해 한해 다르게 빠져 버렸습니다. 자연히 씀씀이를 줄이다
보니 일꾼들이나 이웃들에게 야박하다는 평판을 받습니다.
　그러니 누가 말만 해도 그 말끝이 자신에게로 향하는 듯해
서 거칠게 대응합니다. 동갑내기 깻잎 할머니는 담벼락 할매
의 사정을 잘 압니다. 말을 건네도 아픈 구석을 건드리지 않
으려고 조심합니다.
　"일 년에 몇 번 이웃들을 일꾼으로 쓰고 품삯 주는 데에 무
슨 상도덕을 갖다 붙이노. 마, 시끄럽다. 아침 안 먹었으면 같
이 밥이나 먹자."
　기름이 자르르 흐르게 구워진 고등어 두 마리가 차려진 밥
상을 마루에 올립니다. 마당가에서 왔다갔다 하던 담벼락 할
매가 돌아봅니다. 고함을 질러 배가 더 허해진 탓인지, 고등
어 냄새가 너무 구수했던지 바로 마루에 걸터앉습니다.

　"난들 일당을 많이 주고 싶겠나. 그래도 일한 만큼은 줘야

지. 일이 늘 있는 것도 아니고. 자네나 나는 그래도 땅마지기
는 있지 않나."

입으로 들어간 고등어가 살살 녹아서 대꾸하기도 싫었지만
누그러진 목소리로 한마디 합니다. 자존심은 지켜야 하겠기
에 고등어 가시를 고르듯 조심스럽게 뱉습니다.

"그래도 의논은 해야지. 그라고 우리가 먼저 먹어도 되나."

"상은 또 차리면 되지."

두 사람은 수북하게 담은 밥 한 그릇을 비웁니다. 조선간장
과 멸치젓국으로 무친 돌미나리와 깨소금을 살짝 뿌린 콩나
물무침에서도 봄맛이 납니다.

"상평댁 숭늉이나 한 사발 줘라."

담벼락 할머니가 입맛을 다시며 마치 아랫사람에게 명령하
듯 깻잎 할머니를 부릅니다.

따뜻한 밥과 구수한 숭늉을 마시니 몸이 노곤거립니다. 드
러누워 자고 싶지만, 밥값은 해야겠고 일당도 벌어야지요.

담벼락 할매는 미적거리는 엉덩이를 일으켜 세웁니다. 광
으로 가서 깻잎 할머니의 호미랑 쇠스랑까지 챙깁니다. 망태
가 묵직합니다. 어깨를 추스르며 산자락을 돌자, 시원하게 트

림이 나옵니다. 개구리들의 왁자한 소리까지 지울만한 소리입니다. 모처럼 쓸쓸하지 않은 아침상을 차려준 깻잎 할머니에게 고맙다는 인사를 트림으로 대신 하는 듯 민망해서 주위를 한번 둘러봅니다.

아침 햇살이 비치는 길 위에는 사람은 보이지 않고 개구리 울음소리만 가득합니다. 배가 부른 탓인지 개구리 소리까지 정겹게 들립니다. 오늘은 담벼락 할매가 일등으로 일터에 출근하는 날입니다.

7. 휑뎅그렁

하나

읍내 정형외과에 꼭 가라는 큰딸의 전화가 온 것은 어제였습니다. '응, 그래. 가마'라고 대답은 했지만, 아침부터 영춘 할머니는 병원 대신 바로 밭일 나갈 채비를 합니다.

큰딸의 성화에 못 이겨 답은 했지만, 오늘은 병원에 갈 수 없는 날입니다. 깻잎 할머니의 세 마지기 밭에 들깨 모종을 이식하는 날입니다.

근처 할머니들 다 모여 봐야 다섯입니다. 그중에 한 명이 빠지면 일은 이틀에서 사흘로 늘어납니다. 하루치만큼 삯이 더 나가고 신경 쓸 일도 늘어납니다. 그러면 착한 깻잎 할머니에게 빚지는 기분이 듭니다. 지난번 영춘 할머니 밭에 시금치

씨를 뿌릴 때 제일 먼저 달려와 도와준 이웃이 깻잎 할머니입니다. 관절염으로 다리를 절룩이는 엄마를 안타까워하는 큰딸의 마음이야 알지만 병원에는 다음 장날 가기로 작정합니다.

할머니는 부엌에서 물을 마시고 손괭이를 챙기기 위해 뒷마당 광으로 갑니다. 문턱이 높은 광에 가서 물건을 가져오는 일이 힘겹습니다. 문턱을 넘을 때 숨 한 번 모아 쉬고 마당을 건너오면서 무릎 한 번 두들깁니다. 대문 앞에 세워둔 유모차에 농기구들을 실을 때는 허리를 힘껏 펴기 위해 '어이쿠야' 용을 씁니다.

유모차에 실린 물건들을 확인한 뒤 집을 나섭니다. 품삯을 벌기 위해 일 나가면서 유모차에 의지하여 가는 게 처음에는 어색하고 부끄러웠습니다. 이제는 마을 할머니 다섯 중 세 명이 같은 처지입니다. 유모차를 끌고 가면서 어색하기는커녕 누구 것이 좋은가, 견주어 보면서 웃기도 합니다. 당연히 최근에 큰딸이 바꿔준 영춘 할머니의 유모차가 일등입니다. 할머니들이 손뼉을 치면 영춘 할머니는 나무라듯 말합니다.

"자기 다리 멀쩡한 것 자랑해야지, 아픈 몸뚱이 끌고 가는 유모차 자랑이, 무슨 자랑이라고"

별것 아닌 것처럼 표정을 꾸몄지만, 올라간 입꼬리까지 감추지 못합니다. 보행 보조차라면서 다른 할머니들의 유모차보다 바퀴가 두 배나 큰 것을 사다 준 자식이 자랑스럽습니다.

할머니가 대문을 나서서 골목길 모퉁이를 돌아설 때 컹컹거리는 복실이 소리가 들립니다. 사료를 듬뿍 주었는데 무슨 일이지. 심심해서 따라오고 싶은 것일까. 집으로 돌아가서 확인할까. 녀석에게 무슨 일이 생겼을까, 궁금합니다.

발길을 멈추고 집까지의 거리를 마음속으로 재어봅니다. 아픈 다리로 걷기에는 멉니다. 따라오려고 저러겠지. 못 들은 체 걸음을 옮깁니다. 그러나 계속 짖어대는 소리에 할머니는 어쩔 수 없이 집으로 돌아섭니다.

녀석이 까불다가 제풀에 앞발이 줄에 엉겨버린 것입니다. 영춘 할머니는 '어이구, 이놈아' 힘들게 엎드려 줄을 풀어줍니다. 그사이 비워진 복실이 밥그릇이 눈에 들어옵니다. '저게 얼마나 배가 고팠으면.' 애잔합니다.

삶아 둔 멸치가 떠오릅니다. 그것을 꺼내기 위해 부엌으로 가는 길도 멉니다. 부엌이든 광이든 문턱을 넘을 때마다 높은 언덕을 넘듯 숨 몰아쉬고 무릎을 두드려야 합니다. 그렇게 어렵게 들고 온 멸치를 식은 밥 한 덩이 위에 얹어줍니다. 복실이도 할머니 마음을 아는지 고맙다며 신나게 꼬리를 흔듭니다.

둘

　사람에게도 짐승에게도 인정 많기로는 깻잎 할머니와 영춘
할머니가 최곱니다. 둘은 서로를 '영춘 할머니' '깻잎 할머니'
하면서 정겹게 부릅니다. 둘이 그렇게 부르면 담벼락 할매는
아니꼬워 눈을 흘깁니다. 동갑내기 세 명 중에서 자신만 따돌
림당하는 기분입니다.

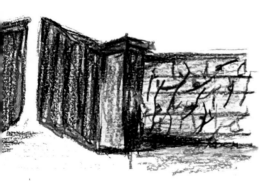

영춘 할머니는 딸을 낳은 뒤 한참 동안 아들이 없어서 시댁에서 구박받다가 영춘이를 낳았습니다. 마흔 살이 되어서 말입니다. 아들 영춘이 세상에 태어나기도 전에 병약했던 남편이 세상을 버렸습니다. 그게 마치 며느리 잘못인 듯 시어머니의 갖은 구박을 받으며 살았습니다. 늘그막에는 자식들 덕분에 다들 부러워하지만, 젊은 시절에는 가장 험한 삶을 살았습니다.

그에 비하면 담벼락 할매는 비슷한 시기에 시집와서 아들 둘에 딸 둘 그리고 마름까지 두면서 여유롭게 살았습니다. 살림 고생을 모르던 사람입니다.

담벼락 사건만 아니라면 동네 사람들에게 눈 흘김 당할 일이 손톱만큼도 없었을 것입니다. 남편은 위아래 동네를 통틀어 가장 재산이 많았습니다. 죽기 몇 해 전 집 옆으로 난 마을길을 흙담으로 막기 전까지 이웃들과도 잘 어울렸습니다. 무슨 욕심이 생겼는지 어느 날 난데없이 흙담으로 길을 막았습니다. 농사를 짓거나 집을 짓기 위해 필요한 땅도 아닌데 말입니다.

"동네 사람들 욕해요. 왜 길을 막아요."

"내 땅 내가 막는데, 왜. 여편네가 나설 일이 아니야."

무뚝뚝해서 타협을 모르는 남편에게 더 이상 이야기하면 거친 말이 돌아올 뿐이라 소양 댁은 입을 닫았습니다.

길을 막자 제일 힘든 사람은 영춘 댁이었습니다. 아침저녁 경운기를 몰고 밭으로 다니던 길이 막혀서 동네를 돌아다녀야 했습니다.

"소양 댁 우리 남편 살았을 때는 서로 형님 동생 하던 사이 아닌가. 담 한 쪽만 허물어 사람들 다닐 수 있도록 정록이 아버지에게 말해 주소"

젊은 시절 소양 댁으로 불리던 담벼락 할매는 영춘 댁의 부탁을 남편에게 전하지 않았습니다. 남편이 왜 그런 심술을 부리는지 어렴풋이 알기 때문입니다. 잘못하면 본인이 심술을 바가지로 엎어 쓸 수도 있는 일입니다. 여편네가 자식 교육 잘못했다는 책임으로 말입니다.

남편은 초등학교만 나온 소양 댁을 은근히 무시하며 아이들 교육을 혼자서 결정하였습니다. 부잣집이라고 하지만 시골에서는 어려운 과외를 자식 네 명 모두에게 시켰습니다. 결과적으로 서울에 있는 좋은 대학으로 자식들은 진학했습니다. 그럴 때마다 마을 잔치를 벌여 자식 자랑을 마음껏 했습니다. 그런데 어찌 된 일인지 졸업을 한 뒤에 한 명도 변변한 직장에 다니지 못했습니다.

딸 둘은 시집갈 때 뭉텅이로 돈을 만들어 보낸 덕분인지 그럭저럭 삽니다. 문제는 아들입니다. 둘은 번갈아 찾아와 사업 자금을 빌려달라고 합니다. 마지못해 논밭 팔아 돈을 마련해 주면 그 길로 대문을 나섰다가 일 년이 지나지 않아 돌아와서 손을 내밉니다. 집안일에는 손가락 하나 까딱하지 않고 아버지 얼굴만 쳐다봅니다. 집안을 어슬렁거리는 그런 자식들을 볼 때마다 남편은 마음에 천불이 나는지 엉망으로 술을 마십니다.

자기 자식보다 배우지 못한 다른 집 자식들은 부모 살뜰히 모시고 명절에는 동네 어른들께 인사하러 다닙니다. 그런 모습을 보면 속에 천불이 아니라 만불이 나겠지요. 심술이란 타고난 것이 아니라 살아가면서 생기는 모양입니다.

'우리 집 자식들에 비할 바가 못 되었던 것들이'하는 심술은 누군가에게 화풀이로 나타납니다. 처음에는 학력이 모자라는 마누라였습니다. 그러나 마누라는 악다구니 한 번 하지 않고 남편의 심술을 고스란히 받아들입니다. 맞대응하지 않고 받아들이기만 하는 마누라를 상대로는 화가 제대로 풀리지 않습니다.

마을 전체를 상대로 심술을 부려야 속이 편합니다. '내 땅 왜 너희들이 밟고 다니느냐'고 멀쩡한 길을 막은 이유입니다. 항의하던 마을 사람들도 할아버지의 심술을 당해내지 못했습니다. 그 대신 겨우 육십이 채 되지 않은 부부에게 '담벼락 할배 담벼락 할매'란 고약한 별명을 붙여주고는 상대를 하지 않았습니다.

나이에 걸맞지 않게 할배라고 부르는 것이 자신을 무시한다고 남편은 여겼습니다. 그래서 담벼락에 더욱 집착했습니다. 담이 조금이라도 허물어지면 삽으로 흙을 쌓아 올립니다. 그게 마을 사람들에게 하는 화풀이였습니다.

풍족하게 자라 험한 노동을 모르던 남편은 어느 날 이 일 저 일 닥치는 대로 하다가 허리에 담을 얻었습니다. 그길로 드러누운 남편은 담 때문인지 아들로 인한 횟병 탓인지 시름시름 몇 년을 앓다가 세상을 떠났습니다.

할아버지가 떠난 다음 해 할머니가 벽을 허물었지만, 담벼락 할매는 이십 년이 지난 지금도 담벼락 할매로 불립니다.

담벼락 할매가 밭으로 올라간 것을 모르는 영춘 할머니가 말벗이라도 하며 함께 가려고 문밖에서 '소양댁, 소양댁'하고 부릅니다. 그러나 주인 없는 집에서는 헛바람만 돌아 나옵니다.

'할마씨가 부지런도 하네! 하면서 영춘 할머니는 힘들게 허리를 펴서 담벼락이 있던 주위를 둘러봅니다.

속상했던 지난 일은 지나간 일일 뿐입니다. 그저 자식들이 잘 찾아오지도 않는 담벼락 할매의 처지가 마음에 걸립니다. 눈치 없이 콧물이 흘러내립니다. 유모차를 세웁니다. 손수건으로 콧물을 훔치는 사이에 세상의 모든 소리가 사라진 듯 동네 전체가 휑뎅그렁합니다.

문득 '담벼락 할배 담 무너졌소!' 고함치며 놀리다가 소양 댁 남편이 나타나면 재빠르게 도망치던 아이들의 소란이 그립습니다.

영춘 할머니는 그리움을 지워버리기라도 하듯이 힘차게 유모차를 밉니다. 아니 유모차에 끌려갑니다. 해뜨기 전의 골목길에는 할머니를 매단 바퀴 소리만이 요란합니다.

◆◆◆◆◆◆

8. 둘러앉아서

하나

  오뉴월 볕은 모자와 수건으로 꼭꼭 여민 틈도 넓다고 비집
고 들어옵니다. 가릴 수 없는 햇볕으로 땀이 얼굴 주름을 따
라 흐릅니다. 할머니들은 주름 사이 고랑땀을 훔치면서도 멈
추지 않고 호미질합니다.

  깻잎 어린 싹을 두세 포기씩 분리해서 다른 밭으로 옮겨 심
는 일입니다. 쪼그려 앉아 모종을 캐고, 일어서서 옮깁니다.
온종일 같은 일을 반복합니다. 신경통을 달고 사는 노인들에
게 농삿일이란 게 어렵습니다. 일을 하면서 힘들다는 푸념 대
신 이런저런 마을 이야기를 합니다. 말을 나누다 보면 무릎
저린 것도 잊게 됩니다.

"고양이들이 요즈음 안 보이네."

"새끼 못 배게 무슨 수술시킨다고 고양이들 데리고 오라는 방송 때문에 숨었을까."

제일 나이 많은 칠구 모친은 언제나 엉뚱한 대답으로 사람들을 어리둥절하게 만듭니다.

"갸들이 무슨 사람 말을 알아듣는다고, 허참!"

"허참이라니 할마시가, 사람 말 못 알아듣는 짐승이 어딨노. 사람이 사람 말 못 알아듣지."

칠구 모친의 말은 어떻게 들으면 이치에 맞는 말입니다. 그러니 사람들은 칠구 모친이 말하면 재미있다고 웃으며 맞장구를 칩니다.

오직 한 사람 담벼락 할매만 말대꾸합니다. 본전을 찾은 적이 없지만 달려듭니다. 지금도 그렇습니다. 그냥 웃으면 될 일을 물고 늘어집니다.

"짐승캉 말이 통하면 저 새를 이리 데려와보소. 혼자 우두커니 있으니 안쓰럽소"

칠구 모친에게 판세를 뒤집을 한마디를 던집니다. 아까부터 하늘을 한 바퀴 돌다가 밭두렁 저편에 내려앉기를 반복하는 두루미를 가리킵니다. 작년 겨울부터 무슨 사연인지 무리에서 떨어져서 혼자가 된 새입니다.

"저 짐승이 뭐가 안쓰럽노. 지 마음만 먹으면 날개 펴고 어디라도 훨훨 날아갈 텐데. 안쓰러운 사람은 건너 쪽에 기역자로 엎드려 기는 저 할바시가 안쓰럽지."

역시 대처에서 살다가 온 칠구 모친이 한 수 위입니다. 불리하다 싶으면 이야기를 슬쩍 비틀어 버립니다.

할머니들이 일제히 고개를 돌립니다. 건너편 감자밭을 매고 있는 명숙이 아버지가 보입니다. 늙은 사람들끼리 내외할 일은 없지만 명숙이 아버지와 말을 섞거나 함께 일하는 할머니는 없습니다. 성질이 무뚝뚝하고 붙임성이 없어서 마을 사람들과 거리가 멉니다.

"안쓰러우면 점심이라도 가져다주지, 남은 나물까지 몽땅 비벼 먹은 사람이 누구고."

담벼락 할매는 점심에 콩나물무침 남은 것을 고추장에 싹싹 비벼 먹은 칠구 모친이 못마땅합니다. 결정적인 반격이라 생각하면서 쏘아붙인 것입니다.

하지만 오늘도 상대를 잘못 택했습니다. 아들 하나 데리고 빈손으로 낯선 동네에 들어와서 땅 사고 집 지은 칠구 모친입니다. 늘그막에 고된 농삿일하는 담벼락 할매는 칠구 모친의 살아온 경력을 이길 수 없습니다.

"저 영감은 밭에서 똥 누는 영감 아이가. 똥 누는 시간 아껴서 주변 풀 뽑으려고. 그런데 밥 갖다줘 봐라. 일하는 데 방해꾼 왔다고 구시렁거릴 게 뻔한 데 뭣이, 애달파서 밥 가져다줄까."

할머니들이 웃습니다. 가지런한 이가 하나도 없는 할머니들의 웃음소리가 막 피기 시작하는 봄꽃들처럼 요란하게 봄 하늘로 퍼집니다.

담벼락 할매도 까무룩거리는 듯한 이상한 웃음을 터뜨리며 무안함을 감춥니다. 일제히 웃던 할머니들은 열심히 일하는 할아버지에게 미안한 느낌이 들어 다시 바쁘게 손을 움직입니다.

둘

  깻잎은 여려서 떼어내고 심을 때 조심 또 조심해야 합니다.
간격과 높이를 맞추어 흙을 덮습니다. 남아 있는 잡초는 호미
를 쥐지 않은 손으로 걷어냅니다. 한 이랑을 끝마칠 때는 슬
쩍 다른 할머니가 일한 이랑과 비교합니다. 느리다고 나무라
는 사람은 없지만 받은 품삯만큼 일을 해야만 마음이 편합니
다.

  할머니들의 일하는 모습은 한결같습니다. 엉덩이에 매단 이
동 방석을 달고 일어섰다 앉기를 반복합니다. 간혹 큰 지렁이
가 나와서 놀라기도 하고 숨어 있던 개구리가 튀어나와 '간 떨
어졌네!'하고 소리도 지릅니다. 코끝에서 맴도는 찔레꽃 향기
에 곁에 없는 사람들 얼굴이 아련히 떠오르기도 하지만, 이내
잊습니다. 잊기 위해서라도 빨리 손을 움직여야 합니다.

  해가 정수리 위를 지나갈 즈음 뭔가 허전합니다. 조금 전에
점심을 먹은 것 같은데 허전함이 손과 발의 움직임을 느리게
합니다. 올 때가 되었는데 하면서 고개를 들어보니 깻잎 할머
니가 밭둑 너머로 보입니다. 기다리던 오후 참입니다. 할머니
들은 호미를 내려놓고 기다립니다.

담벼락 할매만 참 오는 것을 못 보았는지 코를 박고 이랑의 흙을 고릅니다. 그런 할머니를 칠구 모친이 지긋이 끌어당기며 물병을 내밉니다.

"동상아, 물 마시고 밥 먹자."

"마실 물도 없구마는."

담벼락 할매가 정나미 없는 대꾸를 하면서도 반쯤 남은 물병을 받아 마십니다. 물이 목구멍을 넘어가자, 땀이 잦아듭니다. 물값이라도 하는 셈으로 칠구 모친에게 인사치레합니다.

"이제는 손주까지 보았으니, 맹물로 인심 쓰는 척 말고 걸쭉한 막걸리라도 사소."

오십이 다 된 나이에 결혼한 칠구는 얼마 전에 자식을 얻었습니다. 그 소식을 듣고도 축하의 인사를 하지 못한 게 미안해서 담벼락 할머니는 빙 둘러서 말합니다. 속이 좁은 사람이라면 비아냥거리는 소리로 들었겠지요.

그러나 칠구 모친은 사소한 말투에 신경 쓰지 않는 품이 넓은 어른입니다. 우스개 비슷한 엉뚱한 소리로 마음을 나타내는 데도 뛰어납니다.

"요즈음 막걸리를 못 마셔봤구나. 읍내에 나가면 그냥 달달

한 단술 같은 물을 막걸리라고 파네. 내가 그래서 자네 주려고 귀한 누룩 얻어다가 걸쭉한 막걸리 한 통 담았으니 익을 때까지 기다리게."

"자다가 봉창 대신에 장독 걷어차서 그 막걸리 다 쏟았다고 나중에 핑계나 대지 마소."

말은 투박하게 쏘았지만, 담벼락 할매 가슴이 뿌듯해집니다. 헛말 하는 칠구 모친이 아닌지라 '자네 주려고'란 말이 귀에 찰싹 달라붙기 때문입니다. 언제 부르면 아껴두었던 메밀가루에 돼지고기를 갈아 넣어서 빈대떡을 부쳐 갈 궁리를 합니다. 참이 도착했습니다.

먹을 자리를 폅니다. 음식 보자기 사이를 보니 얼핏 하얀 국수 가락이 보입니다. 뜨거운 멸치 육수 냄새도 납니다. 침이 넘어갑니다. 할 일은 아직 태산이지만 배만 든든하다면 그까짓 밭일이야 두렵지 않습니다. 상이 차려지고 음식이 놓이자, 젓가락들이 바쁘게 움직입니다.

그릇을 다 비운 후에야 여름이 곧 올 것이라는 뻐꾸기 소리를 듣습니다. 나른하지만 정겨운 소리입니다. 낮잠을 자면 딱 좋은 한낮입니다. 그러나 어림없습니다. 깻잎을 옮겨 심어야 할 밭은 오전에 심은 밭보다 두 배 가까이 넓습니다. 담벼락 할매가 먼저 호밋자루에 침을 퉤 하고 뱉으며 밭으로 나갑니다.

"아이구야, 담벼락이가 밥값 야무지게 하네."

칠구 모친이 남은 멸치 육수를 마저 마시며 우스갯소리를 합니다. 모두들 웃으며 몸을 일으킵니다. 배가 든든하니 밭고랑 사이를 따라 걷는 할머니들의 발걸음도 가볍습니다.

9. 이렇게, 홀로

하나

저쪽 밭에서 수런거림이 바람에 묻어와서 귀를 간지럽힙니
다. 새참을 먹기 시작했겠지요. 대숲 할아버지도 도시락을 풀
려다가 그냥 참기로 합니다. 할머니들에게 홀로 앉아 밥 먹는
몰골을 보이고 싶지 않습니다. 차라리 배고픈 것이 낫습니다.

아버지의 목소리가 들리는 듯합니다.
'배고플 때는 더 세게 괭이질해서 배고픔을 쫓아야지. 때에
따라 먹을 것 다 먹고 언제 일 마치겠냐.'
지금도 꿈에 나타나면 달아나고 싶은 아버지는 배고픈 아들
에게 그렇게 다그쳤습니다. 해 뜨기 전에 나와서 사람 그림자

가 산 그림자에 묻힐 때까지 밭을 일구었습니다. 밭뙈기 하나 없던 아버지가 오십 언저리에 수십 마지기 논밭을 사들인 비결입니다. 마누라와 어린 자식들 모두 동원해서 땅 파고 꼴 베고 거름 만들고 그러다 물꼬 싸움으로 동네 사람들과 등까지 돌린 결과입니다.

그래서 장남은 고등학교에도 보내지 않고 일만 시켰습니다. 힘깨나 쓰는 장남을 자신의 후계자로 찜한 것입니다. 혼자 하는 논밭 농사로는 가족의 무게를 감당하기에 벅차 만만한 장남을 자기 곁에 주저앉혀 농사를 짓게 했습니다.

그러나 그 아버지의 땅은 가족을 부자로 만들지 못했습니다. 산비탈을 일군 논과 밭이라 농사 이외에는 쓸모가 없어서 산업도로나 농공단지로 팔리지 않았습니다. 시골에서 '땅 팔아 부자'가 되지 못하면 대를 이어 '땅 파먹고 살아야' 합니다.

그 아버지가 돌아가신 후 도시에 나갔던 동생들이 돌아와 제 몫을 요구했습니다.

"개울 옆 논 열 마지기 주소."

"선산 밤밭은 내꺼요."

재산 문제로 동생들과 옥신각신할 때면 못자리로 바쁘던 어느 해 봄이 떠오릅니다. 논에 물을 대고 어둑어둑한 논길을 더듬어 집으로 들어설 때였습니다. 불 밝힌 큰방은 웃음소리로 떠들썩했습니다. 막내의 대학 입학을 축하하는 자리였습니다. 웃는다고 떠든다고 홀로 논일을 마치고 들어서는 자신에게 수고했다고 말하거나 눈길 주는 가족은 없었습니다. 데리고 온 머슴에게도 이렇게 하지는 않을 텐데, 울컥하는 마음에 읍내 선술집으로 달려갔습니다. 핏덩이를 두고 도망간 엄마라는 사람을 원망하며 취해서 정신까지 잃었던 날입니다.

이후 부모에 대한 원망은 배다른 동생들에게로 향했습니다. 자신의 고된 노동으로 편하게 대학에 다녔으면서도 고마움을 모르고 이제는 논과 밭을 팔아버리자는 동생들을 향한 원망은 해가 갈수록 깊어 갔습니다. 할아버지에게는 농사지어서 대학에 보내야 할 어린 자식들이 아직 무거운 빚으로 어깨를 누르고 있었습니다.

동생들은 악을 쓰며 '땅 파먹고 살아야'하는 맏형과 이틀씩 사흘씩 싸우다 떠났습니다. 동생들과 의가 틀어져도 대숲 할아버지는 스스로 정한 몫 이상을 동생들에게 나눠주지 않았습니다.

"아버지가 어떻게 장만한 땅인지 아는 네놈들이, 대학물도 먹은 놈들이."

동생들도 마찬가지입니다. 아버지가 남긴 재산을 독차지하려는 형은 남과 마찬가지입니다. 형제간에 정이 없으니 서로 멱살잡이까지 합니다. 그렇게 싸워 유산을 처리한 동생들은 이제 아버지 제삿날에도 오지 않습니다.

둘

대숲 할아버지는 해가 머리 위를 한참 지난 뒤에야 도시락을 풉니다. 좋아하는 고추장아찌가 반찬입니다. 물에 밥 한덩이 말아 먹는 데는 맵고 짠 장아찌가 최곱니다. 그런데 숟가락을 들었지만, 입맛은 없고 입안만 까끌까끌합니다. 도시락 뚜껑을 덮습니다.

얼마 전부터 숟가락을 들면 울컥 구역질이 납니다. 몇 달 전에는 딸과 함께 큰 병원에 가서 검사받았지만, 의사는 정확한 병명을 알려면 다른 검사를 받아야 한다고 다시 오라고 했습니다.

이후 딸은 병원 언제 병원 갈 거냐고 전화로 성화를 부립니다. 그럴 때마다 노인은 농삿일을 핑계로 미룹니다. 번잡한 도시의 병원에서 이 검사 저 검사로 시달리기보다는 한약이나 한 첩 먹는 게 낫다고 여깁니다. 기력이 딸려서 입맛이 없다고 스스로 진단했습니다.

반쯤 먹은 도시락을 미뤄두고 오전에 만든 밭고랑을 돌아봅니다. 길게 뻗은 황토밭 이랑이 자신의 젊은 시절 장딴지처럼 꿈틀거립니다. 할아버지는 지금은 가뭄 뒤 논바닥처럼 말라버린 장딴지를 가만 쓸어 봅니다. 손바닥도 장딴지도 살갗이 서로 닿는다는 느낌이 없습니다. 거칠고 모진 노동은 두껍고 거친 살가죽만을 남겼습니다. 할아버지는 긴 세월을 함께 이겨온 노각나무 괭이에 의지해 몸을 일으킵니다. 오후의 노동을 기다리는 밭이 봄볕을 받아 아지랑이가 피듯 일렁입니다. 어지럽습니다. 하늘과 땅이 뒤바뀌는 듯합니다. 몸의 균형을 잡기 위하여 길게 숨을 내쉽니다.

그러나 밤나무 숲을 간지럽힌 봄바람에는 몽롱한 밤꽃 냄새가 묻었나 봅니다. 몇 번 숨을 들이켰음에도 정신은 더욱 까무룩 해져 갑니다. 결국 둑길에 주저앉아 버립니다. 울렁거림이 가실 때까지 쉬기로 합니다. 봄바람은 멈추지 않고 뒷산 묏등에서 계속 불어옵니다. 할아버지의 어지러움도 멈추지 않습니다.

◆◆◆◆◆◆

10. 스르르 저물고

하나

저녁 햇살이 문턱을 타고 넘은 지 오래지만, 마을 사람들은
돌아오지 않습니다. 감자를 심고 들깨 모종을 옮길 때는 늘
이렇습니다. 깻잎 할머니 집에서 고등어 대가리를 나눠 먹은
아롱이 다롱이는 동네를 한 바퀴 돌아봅니다. 아무도 없습니
다. 다롱이가 '야옹'하고 웁니다. 동네 전체를 감싸고 있는 정
적을 깨뜨려 볼 생각입니다. 잠시 머물던 소리가 잦아들자 더
무거운 정적이 골목을 채웁니다. 고픈 배를 끌고 다니면 힘이
없어질 것 같아 두 마리는 길바닥에 드러눕습니다.

그러다 지는 햇빛을 받은 정자나무의 긴 그림자가 마을회관
담벼락을 타고 넘을 때 아롱이가 눈을 번쩍 뜹니다. 얼마 전

할아버지 집 부엌에서 간식 봉지를 본 것 같습니다. 순간 아롱이는 대숲 쪽으로 내달립니다. 다롱이도 눈치를 채고 뒤를 따릅니다.

"그게 아직 남았을까?"

아롱이는 다롱이의 물음을 모르는 체합니다. 대답할 힘이 없습니다. 비린내에 고기 맛이 어우러진 간식이 생각난 순간부터 눈에는 허깨비처럼 팔랑거리는 빨간 봉지만 보입니다.

두 마리는 숨을 헐떡이며 대문을 들어섭니다. 부엌 바닥 구석에서 빨간 봉지를 발견합니다. 할아버지가 이엉에서 물건을 꺼내려다 떨어뜨린 모양입니다.

아롱이 다롱이는 봉지에서 간식을 빼내어 맛을 봅니다. 그때 그 맛 그대로였지만 양이 너무 적습니다. 아롱이는 다롱이를 노려봅니다. 저 녀석이 양보하지 않을까, 하고요. 어림없습니다. 다롱이 입도 입입니다. 입안에서 사르르 녹는, 씹기에도 미안한 닭가슴살과 참치를 갈아 만든 간식거리를 어떻게 양보합니까. 뱃속의 꼬르륵 소리도 잠재워야지요. 결국 둘은 나눠 먹기로 합니다.

간식은 금방 사라져 버렸습니다. 아쉬운 기분에 봉지에 묻

은 부스러기를 핥다가 둘은 마주 봅니다. 상대편의 수염에 묻은 과자 가루도 탐이 납니다. 얼굴을 비비다 결국은 빈 봉지를 채워줄 할아버지의 딸을 기다리며 마루 위에 엎드려 대문을 쳐다봅니다.

둘

　지난 제삿날입니다. 모처럼 대숲 할아버지의 딸이 어머니 제사라고 왔습니다. 할아버지는 온다는 딸을 기다리며 아침부터 대문 밖을 들락거렸습니다. 딸은 첫째 며느리가 제사 음식을 모두 만들고 난 저녁 무렵에야 왔습니다. 언제나 그렇듯이 대문 안으로 들어서면서 '아롱아 다롱아'하고 고양이들을 불렀습니다.

　고양이들은 할아버지보다 자신들을 먼저 불러주는 딸이 반가워 야옹거리며 아양을 떨었습니다. 그것을 본 영감님 마음이 섭섭했나 봅니다. 어떻게 아느냐고요.

　가방에서 고양이 간식거리를 내놓는 딸을 흘깃 보면서 바로 방 안으로 들어간 것만 봐도 압니다. 딸이 어리둥절해서 '아버지 왜 화났어요?' 했지만 들은 체도 하지 않았습니다. 심지어 딸이 방 안에 있는 틈에 고양이들이 맛보는 간식 봉지를 낚아채기까지 했습니다.

할머니가 돌아가신 후에 없던 심술이 생겼습니다. 자기는 먹지도 않을 것을 말입니다.

다음 날부터 고양이 두 마리는 간식 맛을 잊지 못해 봉지를 찾기 위해 온 집안을 뒤졌습니다.

그런데 오늘에서야 부엌에서 보았던 간식 봉지를 떠올렸던 것입니다.

"언제 또 올까."

달리면서 다롱이가 묻습니다. 마을에서 유일하게 봉지에 든 간식거리를 사 오는 사람은 할아버지의 딸뿐입니다.

"오지 않을걸"

아롱이는 할아버지의 딸이 오지 않을 것이라고 믿습니다.

몇 달 전 제사를 지낸 다음 날 아침이었습니다. 벼락같은 할 아버지의 고함 소리가 들렸습니다. 제사상에 놓였든 고수레 음식을 기다리든 아롱이는 놀라서 마루에서 뛰쳐 나왔습니다. 어제 저녁부터 집안 분위기가 위태위태했습니다. 딸과 며느리가 부엌에서 수군거리는 소리를 들어서 압니다. 두 사람 입에서 재 너머 논, 개울 건너 밭 등의 이야기가 나왔습니다. 저번 설날에도 그랬습니다. 그런 말들이 나오면 어김없이 다음 날 아침에는 난리가 납니다.

"다 필요 없다. 가거라. 내 죽기 전에는 어림없다."

"자식들 다 죽게 생겼는데 몇 푼 되지도 않는 논 팔아서 도와달라는 게 그리 나쁩니까."

큰아들 목소리입니다. 장단 맞추듯 작은아들의 소리도 들립니다.

"손주들 대학 등록금 조금 도와달라는데. 쌀 몇 포대 가져가라는 게 뭡니까."

"니거는 번듯한 직장 다니고 집도 있지만 명숙이 저거는 혼자 어찌 살겠냐. 논을 팔아도 너희 것은 없다."

"오빠들 너무하네. 오빠들은 그래도 결혼할 때 논밭 하나씩 가져갔잖아. 난 빈손으로 가고."

"그건 부모 허락도 받지 않고 죽네 사네 사기꾼 같은 김 서방과 결혼식도 하기 전에 동거했으니, 아버지가 그랬지."

그렇게 다투는 날은 어김없이 딸은 울고 아들들은 고함을 지르고 무엇을 집어던지는 소리가 들립니다. 그리고 다음 날 대문 앞에 세워둔 차들이 휑하고 앞다투어 떠납니다. 아롱이 다롱이도 그런 날은 평상 밑에서 움쩍하지 않습니다. 할아버지도 마루에 앉아서 자식들이 떠난 길을 바라보며 온종일 꼼

짝하지 않았습니다. 두 달 전 일입니다.

　대숲 위를 날던 두루미는 할아버지의 고함소리가 들리지 않는 것이 이상한 듯 고개를 갸웃거리며 처마 밑을 들여다봅니다. 스멀스멀 어둠이 모여들기 시작합니다. 감기는 눈꺼풀을 이겨내려는 듯 두 마리 고양이가 살랑살랑 꼬리를 흔드는 모습이 보입니다. 저기 밭둑 길로 할아버지가 느릿느릿 지는 해보다 더 느리게 걸어오고 있습니다.

◆◆◆◆◆◆

11. 우물쭈물 모여서

하나

밭을 한 바퀴 돌아본 깻잎 할머니는 경로당으로 바삐 걸음을 옮깁니다. 가뭄에 충분히 뿌리를 내리지 못한 깻잎이 시들시들합니다. 물을 줘야 했지만, 사람들을 경로당으로 불러놓고 물을 주고 있을 수는 없는 노릇입니다.

모두 걱정스러운 얼굴로 서로를 바라봅니다. 문지방을 넘어서며 칠구 모친이 묻습니다.

"전화로 한 말이 진짜가. 얄궂어라."

담벼락 할매가 그렇다고 했지만, 티브이 소리 때문에 알아듣지 못했는지 덕봉 할머니에게 한마디를 합니다. 덕봉 할머니는 귀가 어두워 언제나 티브이 소리를 높입니다.

"텔레비전 꺼뿌소."

"뉴스에 나올지 아나. 켜 두자."

"뉴스 시간은 멀었소."

"테레비 켰다고, 할 말 못 하나."

"뉴스에는 맨날 싸우는 놈들만 나오지 산골짝 할매 할배 소식이 나오겠소."

칠구 모친이 소리치며 티브이를 꺼버립니다. 여느 날과 다르게 괜한 신경질을 부립니다. 덕봉 할머니가 눈치를 보며 티브이에서 물러납니다. 무안한지 한 마디 내뱉습니다.

"담벼락은 왜 아직 안 오나."

담벼락이 와도 별로 도움이 되지 않을 것을 압니다. 그러나 한 사람의 그림자가 아쉬운 산골 마을이니 보이지 않는 사람을 찾기 마련입니다.

아랫마을에는 육십이 넘은 중늙은이들도 청년회란 이름으로 활동합니다. 마을 길흉사는 또 부녀회가 맡아서 처리합니다. 그러나 윗마을에는 아예 그런 모임이 없습니다. 오백 미터 거리의 아랫마을이지만 유모차를 밀고 다니는 윗마을 할머니들에게는 먼 거리입니다. 군내버스를 타러 갈 때만 내려갑니다. 가끔 아랫마을 이장이 농협에서 나오는 거름이며 소금을 실어주면서 소식을 알려줍니다. 윗마을에서는 누가 아프다거나 어느 집 논둑이 비에 무너지면 우선 할머니들이 모여 의논합니다. 결국은 미적거리며 한숨만 쉬다가 이장한테 연락하여 해결책을 찾지만 말입니다. 그럴 때는 멀리서 살고 있는 자식들은 아무 소용이 없습니다.

"호랑이도 제소리를 하면 온다더니"

담벼락 할매가 들어옵니다. 방바닥에 놓인 기름과자를 한 줌 집으며 자리에 앉습니다. 그 모습을 힐긋 보면서 칠구 모친이 묻습니다.

"자네는 와 그리 늦노."

"무슨 일인지도 모르고 아픈 다리로 달려와야 하겠소."

"달려오기는, 허, 참내. 기어서라도 제시간에는 와야지."

다른 때와는 달리 두 사람의 말씨름도 모인 할머니들의 관심을 끌지 못합니다. 깻잎 할머니가 묻습니다.

"그 집 자식들 연락처 아는 사람 없소."

"우리가 어찌 알겠소. 당최 내왕이 없는데."

"아랫마을 이장은 알까."

"마, 전화 넣어보소."

"그래야 하겠지."

칠구 모친이 전화기를 듭니다.

모두 할머니의 입을 쳐다봅니다. 이장도 할아버지의 아들
딸 연락처를 모른다고 합니다.

"우짜노, 자네가 119를 불러야겠네."

사정을 듣고 놀라는 이장에게 119를 부탁하고 칠구 모친이
전화기를 놓자, 담벼락 할매가 또 어쭙잖은 걱정을 합니다.

"영감이 자기는 안 아프다고 119를 안 타면 그 뒷감당을 우
째 하려고, 덜컥 차부터 불러요."

"그것도 그렇네. 당최 남의 말을 들을 줄 모르는 영감이니."

덕봉 할머니가 거들자, 힘을 얻은 담벼락 할매는 안 해도 좋
을 말까지 보탭니다. 덕봉 할머니와는 먼 친척 사이라 마음이
잘 맞습니다.

"어제 그 집 앞에서 마주쳤는데 얼굴빛이 흙색인 게 오늘내
일 갈 것 같더라니까."

"니가 그래 잘 알면 어제 바로 사람들을 불러야지. 인정머
리 없기는."

칠구 모친이 기다렸다는 듯이 매섭게 담벼락 할매를 나무랍
니다. 곧 말씨름이 벌어질 것 같았지만 일이 일인지라, 서로
참고 이장에게서 올 소식을 기다립니다. 과자에 눈길 주는 사

람도 없습니다. 문밖의 아롱이만 과자를 흘깃거립니다.

둘

"우리 마을에도 이장이 있어야 해."

침묵이 무거운지 담벼락 할매가 내뱉습니다.

"사람 여섯 사는 마을에 이장은 무슨, 담벼락 자네가 똑똑
하고 말이 많지만, 이장은 안 되겠고, 마을 반장해라. 시켜주
꾸마."

기다렸다는 듯이 칠구 모친의 핀잔 소리가 뒤따릅니다. 담

벼락 할매가 지지 않으려고 입술을 달싹이는 사이 오토바이 소리가 납니다. 뒤를 따라서 구급차 소리도 들립니다. 멍하게 밖을 내다보던 할머니들이 밖으로 나가기 위해 바쁘게 움직입니다. 엉기적엉기적 신발을 찾고 유모차를 밀고 나섰지만 이미 요란한 사이렌 소리는 마을을 빠져나갑니다. 경모당 마당으로 이장이 나타납니다.

"읍내 병원으로 모셨습니다. 당최 말을 안 하니 어디가 아픈지 아니면 아예 정신줄을 놓았는지 알 수 없다고, 구급대원이 그럽디다."

오늘 아침 깻잎 할머니는 대문 앞에 쪼그려 앉아 헛구역질하는 할아버지를 보았습니다. 어디가 아프냐고 물어도 대답 없이 땅바닥에 대고 고갯짓만 하고는 기다시피 도로 집 안으로 들어가 버렸습니다. 그 모습을 보고 할아버지의 상태가 걱정되어 할머니들에게 연락한 것입니다.

"자식들한테 전화는."

"뭐, 그 집 자식들이 그렇지 않습니까. 딸만 바로 오겠다고 하고 아들들은 병원으로 전화해서 알아보겠다고만 하니."

이장은 아침부터 이게 뭐냐는 듯 얼굴을 찌푸리다 돌아갔습니다. 깻잎 할머니는 며칠 전부터 할아버지의 움직임이 심상치 않게 보였지만 죽 한 사발 끓여서 들여다보지 않은 자신이 부끄럽습니다. 성질이 괴팍해서 괜한 지청구나 들을까 싶어서 조심한 것이지만 말입니다. 한 번 일어섰다 앉는 것도 고단한 할머니들의 모임은 이장이 떠나자, 모래밭에 썰물 빠지듯 끝납니다. 모여서 한숨만 쉬고 있느니 집에 가서 방바닥에 눕는 것이 서로에게 편안한 일입니다. 방 안에 있던 기름과자는 할머니들의 유모차 소리가 골목 밖을 빠져나가기도 전에 아롱이 다롱이의 뱃속에서 녹았습니다. 아롱이 다롱이에게 오늘은 아침부터 행운이 찾아온 날입니다.

12. 그래도 그래도

하나

불볕더위가 시작되나 봅니다. 아침저녁 시원할 때만 밭에
나갔다 들어와도 땀으로 목욕을 합니다. 그래서 할머니들은
아침을 먹으면 곧바로 더위를 피할 수 있는 경로당으로. 모여
듭니다.

"동네에 알려봐야 올 사람이 없을 것 같아서 그냥 조용히 장
례를 치르려고 했다며, 큰아들이."

"우리는 사람도 아이가. 저 엄마 초량댁이 죽었을 때도 하
직 인사하러 마을 사람들 모두 상가에 간 것을 지가 알면서."

모처럼 담벼락 할매와 칠구 모친의 말장단이 맞게 돌아갑니
다.

"평생 살던 집도, 지키던 마을도 한 바퀴 돌아보지 않고 바로 화장터로 망자를 데리고 가는 게 자식인가."

영춘 할머니의 말에 모두 고개를 끄덕이며 심란해합니다. 대숲 할아버지의 장례는 한 달 전이었지만 올해 안에 그 이야기는 끝나지 않을 것입니다.

"그라믄 저 논밭을 우짤란고. 자식들이 와서 지을란가."

"요즈음 농사지으려고. 도시에서 시골 올 사람이 어디 있다고."

"땅덩어리가 크니까 팔겠지."

"큰딸 명숙이가 남편과 갈라서서 이참에 시골로 온다는 말도 있던데."

"농사일은 해 본 사람이 하지."

"갸는 다른 형제들과는 달리 심성이 고우니 우리가 쪼매 도와주면 안 되겠나."

"걸음도 비뚤거리는 할마시들이 누굴 도우겠노."

칠구 모친의 말에 머쓱해진 할머니들이 하나 둘 자리를 뜹니다. 남의 사정을 두고 이말 저말 할 때가 아닙니다. 풀이 우거지는 여름이 오자 할 일이 태산입니다. 가문 콩밭에 물주고 깻잎 솎아주고 풋고추도 따야 합니다. 논바닥을 기다시피 하며 피를 뽑고 손발이 부르트도록 밭을 갈던 영감은 어찌 보면 저세상으로 잘 갔습니다. 지긋지긋한 농사일에서 놓여났을 테니까요. 그렇지만 저승길 떠난 영감을 부러워하는 할머니는 없습니다. 말똥 밭에 굴러도 이승이 최곱니다.

할머니들은 서둘러 유모차를 밀면서 일하러 나갑니다. 밭에 가면 해거름 전에 할 일이 또 널렸습니다. 경로당 평상 위아래를 오가며 야옹야옹했을 아롱이 다롱이가 보이지 않습니다.

그렇게 며칠이 지난 뒤, 빈 평상을 보던 깻잎 할머니는 고양이들이 없어진 이유를 짐작합니다. '또 어디서 새끼를 품고 배를 출렁거리며 돌아오겠구나.' 풀을 매러 밭으로 가기 전에 집으로 가서 고양이 밥그릇을 대문 밖으로 옮겨 놓습니다. 먹을 것을 밥그릇 가득 담아 멀리서도 밥그릇이 잘 보이도록 하였습니다. 밥그릇에는 말 못 하는 짐승을 대하는 할머니의 마음이 소복하게 담겼습니다.

둘.

아롱이는 남산만큼 부푼 배를 안고 아랫마을을 벗어나 헐떡이며 비탈길을 오릅니다. 저만큼 집들이 보입니다. 새끼를 낳고 기르기 위해서는 외따로 떨어진 집이 편합니다. 바로 곁에 숲이 있고 밭이 있으면 아무래도 먹을 게 많습니다. 그래서 아롱이는 대숲 할아버지 집으로 향합니다. 할아버지는 고양이가 아무 때나 운다고 고함지르고 몰래 부엌 출입한다고 '이놈들'하고 어르지만 그게 사람이나 짐승을 대하는 할아버지의 무덤덤한 표현 방식입니다. 그런 할아버지도 떠났으니, 새끼들을 숨겨놓고 돌보기에는 가장 적당한 곳입니다.

먹을 것은 방금 지나친 깻잎 할머니 집이 늘 넉넉합니다. 아랫마을에서 윗마을로 찾아들 때만 하더라도 처음에는 깻잎 할머니 집이 우선이었습니다. 그런데 대문 앞에서 다롱이를 발견하고는 발길을 돌린 것입니다.

몇 달 전 헤어진 다롱이가 새끼들에게 배를 내어 맡긴 채 마당에 엎드려 있었습니다. 반가워서 '다롱아'하고 부르려다가 참았습니다. 한 집에 두 마리 암고양이가 새끼를 낳고 산다면 마음씨 좋은 깻잎 할머니에게 미안한 일입니다. 할머니 집은 다롱이에게 양보하기로 마음먹고 걸음을 재촉합니다. 배가 살살 아파져 오기 때문입니다. 얼른 할아버지 집 거름 창고로 들어가야 합니다.

다롱이는 아롱이가 지나쳐 간 것을 알지 못합니다. 새끼들에게 젖을 물리는 일은 제일 행복한 시간이지만 고통의 시간이기도 합니다. 새끼가 여섯 마리나 되어 젖이 부족하니 더욱 힘듭니다. 자기 새끼를 살핀다고 바빠서 대문 밖을 누군가 기웃거리다 지나간 것을 알 까닭이 없습니다.

빈집에 들어서니 먼저 뒤편 숲에 있던 두루미 둥지가 눈에 들어옵니다. 그런데 휑하게 보입니다. 가족과 떨어져 지내던 두루미가 무리들을 찾아 떠났나 봅니다.

아롱이는 눈길을 돌려 집주변을 살핍니다. 내일 아침이 걱정입니다. 어디서 먹이를 구하지. 사람들이 새끼 낳은 것을 알고 사료라도 듬뿍 가져다줄까. 아니면 할아버지의 큰딸이 작년처럼 북어 대가리라도 푹 삶아서 줄까.

큰딸을 기다리는 이유는 할아버지의 딸이 이사를 올 것이라고 떠드는 소리가 마을에 떠돌기 때문입니다. 할머니들의 말이 정말일까. 소문이 사실이라면 다롱이보다도 팔자가 펴질 텐데 시간이 흐를수록 머릿속이 복잡해집니다. 동시에 뱃속도 복잡해집니다. 뱃속에서는 눈앞이 캄캄해질 정도로 새끼들이 세게 발버둥을 칩니다.

아롱이는 거름더미 사이에 몸을 눕힙니다. 거름 냄새가 구수합니다. 새끼들도 잠시 조용합니다. 졸음이 몰려듭니다. 눈꺼풀이 무거워 눈을 감습니다. 시간이 얼마나 흘렀을까요.

문 앞에 멈춰서는 차 소리가 들립니다. 눈을 억지로 뜨고 차에서 내리는 사람이 누굴까 궁금해서 고개를 듭니다. 그 순간 첫째가 세상으로 나옵니다. 희미한 울음소리를 냅니다. 아롱이는 급하게 혀로 새끼를 찾습니다. 비릿한 맛과 따뜻한 온기가 느껴집니다. 핥고 또 핥습니다.

누군가 마루 위에 올라서며 혼잣말하는 소리가 들립니다.

"아롱이 다롱이도 아버지가 안 계시니 다른 집으로 가버렸네."

아롱이는 둘째 셋째가 연이어 세상으로 나오고 있어서 크게 대답할 수 없습니다. 목구멍으로 숨어드는 목소리로 같은 말을 하고 또 합니다. 간절한 말들이 주문되어 큰딸의 가슴에 찾아들기를 바라고 바랍니다.

"아롱이 여기 있어요. 여기 있어요."

어딘가로 떠날 채비를 하려는지 숲을 흔들던 바람이 잠시 숨을 고릅니다. 비닐하우스로 바뀐 논에서 쫓겨나 대숲 속 물웅덩이에 자리 잡은 개구리들 울음소리도 잦아듭니다. 필봉산 위 초승달만이 저물기 전의 마지막 빛을 산골 마을에 골고루 뿌려줍니다. 그 사이로 바삐 마당을 가로지르는 신발 소리가 들립니다.